にほんご

穩紮穩打日本語

進階2

目白JFL教育研究会

前言

　　課堂上的日語教學，主要可分為：一、以日語來教導外國人日語的「直接法（Direct Method）」；以及，二、使用英文等媒介語、又或者使用學習者的母語來教導日語的教學方式，部分老師將其稱之為「間接法」（※：此非教學法的正式名稱）。

　　綜觀目前台灣市面上的日語教材，絕大部分都是從日方取得版權後，直接在台重製發行的。這些教材的編寫初衷，是針對日本的語言學校採取「直接法」教學時使用，因此對於在台灣的學校或補習班所慣用的「使用媒介語（用中文教日語）」的教學模式來說，並非那麼地合適。且隨著時代的演變，許多十幾年前所編寫的教材，其內容以及用詞也早已不合時宜。

　　有鑑於網路教學日趨發達，本社與日檢暢銷系列『穩紮穩打！新日本語能力試驗』的編著群「目白JFL教育研究會」合力開發了這套適合以媒介語（中文）來教學，且通用於實體課程與線上課程的教材。編寫時，採用簡單、清楚明瞭的版面、句型模組式教學、再配合每一課的對話文以及練習題，無論是「實體一對一家教課程」還是「實體班級課程」，又或是「線上同步一對一、一對多課程」，或「線上非同步預錄課程（如上傳影音平台等）」，都非常容易使用（※ 註：上述透過網路教學時不需取得授權。唯使用本教材製作針對非特定多數、且含有營利行為之非同步課程時，需事先向敝社取得授權）。

　　此外，本教材還備有以中文編寫的教師手冊可供選購，無論是新手老師還是第一次使用本教材的老師，都可以輕鬆地上手。最後，也期待使用本書的學生，能夠在輕鬆、無壓力的課堂環境上，全方位快樂學習，穩紮穩打地打好日語基礎！

想閱文化編輯部

穏紮穏打日本語 進階 2

本書說明

1. 教材構成

　　「穩紮穩打日本語」系列，分為「初級」、「進階」、「中級」三個等級。每個等級由 4 冊構成，每冊 6 課、每課 4 個句型。但不包含平假名、片假名等發音部分的指導。完成「進階1」至「進階4」課程，約莫等同於日本語能力試驗 N4 程度。另，進階篇備有一本教師手冊與解答合集。

2. 每課內容

- ・學習重點：提示本課將學習的 4 個句型。
- ・單字　　：除了列出本課將學習的單字及中譯以外，也標上了詞性以及高低重音。

　　　　　　此外，也會提出各課學習的慣用句。

　　　　　　「サ」則代表可作為「する」動詞的名詞。

- ・句型　　：每課學習「句型1」～「句型4」，除了列出說明外，亦會舉出例句。

　　　　　　每個句型還附有「練習 A」以及「練習 B」兩種練習。

　　　　　　練習 A、B 會視各個句型的需求，增加或刪減。

- ・本文　　：此為與本課學習的句型相關聯的對話或文章。

　　　　　　左頁為本文，右頁為翻譯，可方便對照。

- ・隨堂測驗：針對每課學習的練習題。分成「填空題」、「選擇題」與「翻譯題」。

　　　　　　「翻譯題」前三題為「日譯中」、後三題為「中譯日」。

- ・綜合練習：綜合本冊 6 課當中所習得的文法，做全方位的複習測驗。

　　　　　　「填空題」約 25 ～ 28 題；「選擇題」約 15 ～ 18 題。

3. 周邊教材

　　「目白 JFL 教育研究會」將會不定期製作周邊教材提供下載，請逕自前往查詢：

http://www.tin.twmail.net/

31

もし　宝<ruby>宝<rt>たから</rt></ruby>くじが　当<ruby>当<rt>あ</rt></ruby>たったら

当たります (動)	中獎	卒業します (動)	畢業
当てます (動)	摸／猜中獎	貯金します (動)	存錢
落ちます (動)	落榜	専念します (動)	專心做
養います (動)	養、扶養	支度します (動)	準備、整裝
残ります (動)	剩下	もし (副/1)	如果、假使
組みます (動)	辦貸款		
見えます (動)	看得見	宝くじ (名/3)	彩票獎券
聞こえます (動)	聽得到	イベント (名/0)	活動
引っ越します (動)	搬家	アルバイト (サ/3)	打工
飛び降ります (動)	跳下	ローン (名/1)	貸款
協力し合います (動)	互相幫忙、共同合作	クビ (名/0)	被解僱
ついて 来ます (動)	跟來	大学受験 (名/5)	考大學
行きたく なります (動)	變得想去	就職活動 (名/5)	找工作
		定年退職 (名/5)	退休
進学します (動)	升學	海外旅行 (名/5)	出國旅行
合格します (動)	合格		
混雑します (動)	擁擠、塞	最上階 (名/3)	頂樓
起業します (動)	創業	左側 (名/0)	左邊

交差点（名 /0） こうさてん	十字路口
騒音（名 /0） そうおん	噪音
工事（サ /1） こうじ	工程、施工
質問（サ /0） しつもん	問問題
習い事（名 /0） ならごと	學習技藝
授業料（名 /2） じゅぎょうりょう	學費
社長室（名 /2） しゃちょうしつ	社長室
大学院（名 /4） だいがくいん	研究所
1等賞（名 /3） いっとうしょう	頭獎
2等賞（名 /2） にとうしょう	二獎
嫌（ナ /2） いや	討厭、厭惡
贅沢（ナ /3） ぜいたく	奢侈
ほとんど（副 /2）	差不多
はっきり（副 /3）	清楚明白地 ...
うまく 行きます。（慣） い	進展順利

今度（名 /1） こんど	好幾次行為中，最近的這一次、下一次
今回（名 /1） こんかい	現在正在做／進行中的此次
～メートル（助數）	公尺
頭金（名 /0） あたまきん	頭期款
利子（名 /1） りし	利息
残り（名 /3） のこ	剩下的
全額（名 /0） ぜんがく	全額
年金（名 /0） ねんきん	老人年金
大家（名 /1） おおや	房東

※真實校名：

東大（名 /0） とうだい	東京大學

假定條件：動詞＋たら

　　「～たら」用於串連前後兩個句子，以「A たら、B」的形式來表達前句 A 為後句 B 成立的「條件」。「假設的」，意指「不見得會發生的」。例如「中樂透」之類的。此用法經常配合表達假設的副詞「もし」使用。其否定形式為「～なかったら」（前接「ない」形）。

例 句

・（もし）　宝くじが　当たったら、　家を　買いたいです。
（如果中了樂透彩，我想要買房子。）

・A：雨が　降ったら、　どうしよう？（如果下雨怎麼辦？）
　B：雨が　降ったら、　イベントを　中止するしか　ありませんね。
（如果下雨，只好中止活動。）

・お酒を　飲んだら、　絶対に　運転するな！（如果喝了酒，絕對不要開車！）

・食べるな！　食べたら　死ぬぞ！（不要吃！吃了會死喔！）

・明日、　会社に　来なかったら　クビだ！（你明天如果沒來公司，就把你革職。）

・あなたが　飛び降りたら、　私も　飛び降りる。（你跳我就跳／生死與共。）

・この　道を　まっすぐ　行ったら、　銀行が　あります。（※發現事態的條件）
（這條路直直走，就有銀行。）

1. 雨が　降った　　　　　　ら、　　出かけません。
   地震が　起きた　　　　　　　　　たくさんの　人が　死ぬかも　しれません。
   できなかった　　　　　　　　　　私が　やります。
   他に　質問が　なかった　　　　　授業を　終わりに　します。
   大学受験に　落ちた　　　　　　　どうしますか。

2. この　病気　は　ゆっくり　休んだ　　　ら、　治る　　　　　でしょう。
   今度の　試験　　真面目に　勉強した　　　　合格する
   今回の　仕事　　みんなで　協力し合った　　うまく　いく

1. 例：眠く　なります・コーヒーを　飲みます
   →眠く　なったら、　コーヒーを　飲みます。
   ① いっぱい　食べます・お腹を　壊します
   ② いい　人に　出会います・結婚したいです
   ③ 間に　合いません・タクシーで　行きます
   ④ 他に　用事が　ありません・帰ります

2. 例：あの　ビルに　入ります・喫茶店が　あります
   →　あの　ビルに　入ったら、　喫茶店が　あります。
   ① あの　交差点を　右に　曲がります・左側に　駅が　見えます
   ② 窓を　開けます・工事の　騒音が　聞こえます
   ③ 100メートルほど　行きます・右側に　郵便局が　あります

句型二

假定條件：形容詞／名詞＋たら

　　表「假定條件」的 A 句（前句）部分，亦可使用形容詞或名詞。前接イ形容詞時，去掉語尾「～い」再加上「かったら」；前接ナ形容詞或名詞時，ナ形容詞語幹或名詞直接加上「だったら」即可。「動詞＋たい／たくない」則是比照イ形容詞活用。

例句

・明日、　（もし）　天気が　よかったら、　ハイキングへ　行きましょう。
　（明天如果天氣不錯的話，我們就去郊遊吧。）

・暇だったら、　一緒に　買い物に　行かない？
　（有空的話，要不要一起去買東西呢？）

・あなただったら、　どうする？（如果是你的話，你會怎麼做？）

・安かったら、　3つ　買って　きて　ください。（如果便宜的話，就買 3 個。）

・美味しく　なかったら、　無理して　食べなくても　いいよ。
　（不好吃的話，不用勉強吃喔。）

・行きたかったら　ついて　来い。（想去的話快點跟過來。）

・大学院に　進学したく　なかったら、　早く　就職活動を　始めた　ほうが　いいですよ！
　（不想上研究所的話，最好早點開始找工作喔。）

1. 暑かった　　　　　　　ら、　出掛けません。
   暑く　なかった　　　　　　　出掛けます。
   無理だった　　　　　　　　　やらなくても　いいよ。
   無理じゃ　なかった　　　　　やって　みて　ください。
   雨だった　　　　　　　　　　道が　混雑するでしょう。
   雨じゃ　なかった　　　　　　行きますか。

2. 食べたかった　　　　　ら、　食べて　ください。
   食べたく　なかった　　　　　食べないで　ください。

1. 例：忙しいです・来なくても　いいです

   →　忙しかったら、　来なくても　いいです。

   ① 軽いです・その　スマホを　買います
   ② 重いです・私が　持ちましょうか
   ③ 彼が　好きです・彼に　そう　言って　ください
   ④ 嫌です・嫌だと　言って
   ⑤ 有名な　先生です・授業料も　高いでしょ（う）？
   ⑥ いい　マンションです・買いたいです
   ⑦ マンションを　買いたいです・親が　お金を　出して　くれます
   ⑧ 働きたく　ないです・親に　養って　もらいます

句型三

確定條件：動詞＋たら

　　「Aたら、B」亦可用於表達「確定條件」。「確定」意指「一定會發生的」或「預定好的事情」。例如「今天下班」後，或者「長大成人」後…等等。此用法不可與表達假設的副詞「もし」使用。另外，確定條件句無否定形式（因為是確定會發生的條件），且A僅可使用動詞。

例 句

・仕事が　終わったら、　一緒に　食事に　行きませんか。

　（工作結束之後，要不要一起去吃飯啊？）

・大人に　なったら、　一人で　暮らしたい。

　（我想要長大之後，自己一個人過生活。）

・駅に　着いたら、　電話を　ちょうだい。（到達車站之後，請給我電話。）

・春に　なったら、　花が　咲きます。（一到了春天，花就會開。）

・A：大学を　卒業したら　何を　しますか。（大學畢業後你要幹什麼？）
　B：さあ、　考えた　ことも　ありませんが。（不知道耶，我想也沒想過。）

・お父さんが　帰って　きたら、　（私は）　出掛けます。

　（爸爸回來之後，我就要出門。）

練習A

1. うちに　着いた　　　　ら、　電話を　くれ。
   信号が　赤く　なった　　　　渡るな。
   大学に　入った　　　　　　アルバイトを　したい。
   結婚した　　　　　　　　会社を　辞める。

練習B

1. 例：仕事が　終わります・社長室に　来ます
   →　仕事が　終わったら、　社長室に　来て　ください。
   ① お客様が　来ます・私を　呼びます
   ② 翔太君が　起きます・教えます
   ③ ご飯を　食べます・片付けます
   ④ パソコンを　使います・電源を　切るのを　忘れません

2. 例：会社を　辞めます・起業します
   →　A：会社を　辞めたら、　何を　しますか。
   　　B：起業したいと　思います。
   ① 大学を　卒業します・留学します
   ② 定年退職します・田舎へ　引っ越します
   ③ 夏休みに　なります・アルバイトを　します
   ④ 病気が　治ります・友達に　会ったり、　旅行に　行ったり　します

句型四

～たら　どうですか

「～たら　どうですか」為用於給聽話者建議的一種表現。多使用於關係較親密的人之間。常體時，使用「～たら　どう？」的形式。禮貌時，亦可使用「～たら　いかがですか」的形式。

例句

・もう少し　休んだら　どうですか。（要不要再休息一下啊。）

・見て　ないで、　手伝ったら　どう？（不要光是看，幫忙一下好嗎？）

・やりたく　なかったら、　うちへ　帰ったら？（你不想做的話要不要乾脆回家呢？）

・毎日　暇だったら、　習い事でも　始めたら　どうですか。
　（你每天都很閒的話，要不要開始學一些事情呢？）

・勉強が　嫌いだったら、　学校を　辞めたら？
　（你不喜歡讀書的話，要不就休學吧！）

・これ、　使って　みたら　いかがですか。（您要不要試用這個看看？）

練習 A

1. 薬　、　飲んだ　ら？
　　仕事　　辞めた
　　学校　　休んだ

2. これを　使って　み　　　　　　たら　　どうですか。
　もっと　真面目に　勉強し
　髪を　短く　し
　彼女の　かばんを　持って　あげ

練習 B

1. 例：眠く　なりました・コーヒーを　飲みます
　　→　眠く　なったら、　コーヒーを　飲んだら　どうですか。
　① 疲れました・休みます
　② 間に　合いません・タクシーで　行きます
　③ 嫌です・はっきり　嫌だと　言います
　④ お金が　ありません・親に　買って　もらいます
　⑤ 行きたいです・早く　ついて　行きます
　⑥ 大学院に　進学したく　ないです・早く　就職活動を　始めます

本文

（小王和松本在談論買彩卷）

王 ：宝くじに 当たったら 何を 買いたいですか。

松本：そうですね。 1等賞の 3億円に 当たったら、
タワーマンションの 最上階の 部屋を 買いたいです。

王 ：もし 1等賞じゃ なくて、 2等賞だったら？

松本：2等賞は 1,000万円しか なくて 少ないですね。
欲しい 車を 買って 海外旅行でも したら、
ほとんど 残りませんから、 そんなに 贅沢は
できませんが。

王 ：それを 頭金に して、 マンションを 買ったら
どうですか。

松本：私の 今の 給料では ローンを 組む ことが
できませんから、 無理かも しれませんね。
王さんだったら、 どうしますか。

王 ：もし、 私が 1等賞の 宝くじを 当てたら、
その 時の 金利が 高かったら、 全額を
貯金して、 利子だけで 暮らして いきます。
金利が 高く なかったら、 1億円ほど 貯金して、
残りの 2億円を 頭金に して、 賃貸マンションを
1棟 買います。 そうしたら、 会社を 辞めて
大家業に 専念します。

松本：その 時に なったら、 マンションを 一室 安く
貸して くださいね。

王　　：如果你中了彩卷，你想買什麼呢？

松本：嗯，如果中了頭彩 3 億日圓，我想買超高層塔式住宅的頂樓房間。

王　　：如果不是中頭彩，而是二獎呢？

松本：二獎只有 1,000 萬日圓，很少耶。買了想要的車，再去一趟國外旅行之
　　　類的，就差不多沒了啊，根本不能太享受。

王　　：把那（1,000 萬日圓）當作是頭期款，去買房如何呢？

松本：就我現在的薪水貸不了款，所以應該沒辦法。
　　　如果是你，會怎樣（花）呢？

王　　：如果我摸中了頭獎的彩卷，那時的利率如果很高，我就全部存起來，
　　　靠利息過活。如果利率不高，我大概就存個 1 億日圓左右，把剩下的
　　　2 億日圓當作是頭期款，來買一整棟的出租房。
　　　那樣的話，我就辭掉工作專心做包租公。

松本：到時候請便宜租給我一間房間喔。

填空題

1. 宝くじ（　）　当たったら、　会社を　辞めて　自分で　起業します。

2. もし、　あなた（　）　宝くじ（　）　当たったら、　何を　買いますか。

3. あなたは　宝くじ（　）　当てた　ことが　ありますか。

4. お姉さん　（　）　帰って　来たら、　晩ご飯を　食べましょう。

5. バスが　（来ません　→　　　　　　　　　　　　　）、

　歩いて　行く　しか　ありません。

6. 空港に　（着きました　→　　　　　　　　　　　）、　連絡を　ください。

7. 明日、　いい　（天気です　→　　　　　　　　）、　遊園地へ　行こう！

8. （まずいです　→　　　　　　　　　　　　）、　食べなくても　いいよ。

選擇題

1. （　）　乗るな！
   1　飲んだら　　　2　飲んたら　　　　3　飲むから　　　　4　飲むたら

2. 会社を　（　）、　アルバイトの　仕事を　探さなければ　なりません。
   1　辞めだったら　　　　　　　　　2　辞めたら
   3　辞めなかったら　　　　　　　　4　辞めるたら

3. 交差点（　）　右（　）　曲がったら、　学校が　あります。
   1　で／を　　　2　に／を　　　　3　を／に　　　　　4　へ／に

4. ついて　（　）、　早く　支度しろ！

　　1　行ったら　　2　行きたかったら　　3　行かなかったら　　4　行きたら

5. 新入社員が　かっこいい　人（　）、　デートに　誘います。

　　1　だら　　　　　2　たら　　　　　　3　だったら　　　　　　4　たっだら

6. あの子の　今の　成績（　）、　東大は　無理だと　思います。

　　1　たら　　　　　2　とは　　　　　　3　には　　　　　　　　4　では

翻譯題

1. 洗濯は　自分で　やったら　どうですか。

2. 両親は　年金だけで　暮らして　います。

3. トイレへ　行きたく　なったら、　先生に　言ってね。（※行きたい＋なる＋たら）

4. 大學畢業後，你要回國嗎？

5. 如果發生地震的話要怎麼辦？

6. 頭痛的話，稍微休息一下如何？

32

高^{たか}くても　ここに　住^すみたいです。

1. 逆接條件：動詞＋ても

2. 逆接條件：形容詞／名詞＋ても

3. 疑問詞＋ても

4. 〜と　言^いって　いました

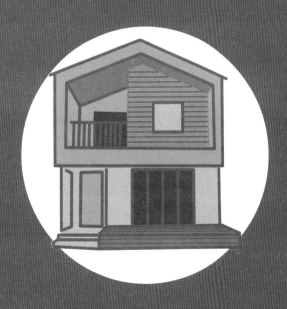

32

高くても　ここに　住みたいです。
(高 = たか, 住 = す)

1. 逆接條件：動詞＋ても

2. 逆接條件：形容詞／名詞＋ても

3. 疑問詞＋ても

4. 〜と　言って　いました
(言 = い)

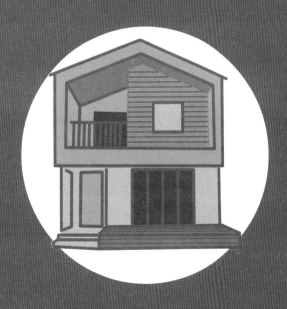

産みます（動）	生產小孩	たとえ（副/0）	即使、就算
払います（動）	付費、支付	いくら（副/1）	無論怎麼也…
喜びます（動）	高興、喜悅	どんなに（副/1）	多麼地…
謝ります（動）	道歉、賠罪	さらに（副/1）	更、越發
許します（動）	原諒、赦免	反対に（副/0）	相反地…
守ります（動）	遵守（法律）		
貯まります（動）	存夠錢	なるほど（感/0）	原來如此、我懂了
見極めます（動）	看清、探明	税金（名/0）	稅金
見つかります（動）	找到	法律（名/0）	法律
		監督（名/0）	教練
練習します（動）	練習	立地（名/0）	地段
上達します（動）	技藝進步	空室（名/0）	空房、空屋
無理します（動）	勉強做…	相場（名/0）	行情
節約します（動）	節省、節約	都内（名/1）	指東京23區
倒産します（動）	倒閉、破產	物件（名/0）	房產物件
		接待（サ/1）	招待客戶

回数券 (名/3) かいすうけん	回數票
入居者 (名/3) にゅうきょしゃ	住戶
家賃滞納 (名/1-0) やちんたいのう	拖欠房租、租金遲繳
自然災害 (名/4) しぜんさいがい	自然災害
億万長者 (名/5) おくまんちょうじゃ	大富豪
賃貸マンション (名/5) ちんたい	出租房
肩凝り (名/2) かたこ	肩膀僵硬
やり方 (名/0) かた	做的方法
借り手 (名/0) かて	租客
お子様ランチ (名/5) こさま	兒童午餐套餐
狼 (名/1) おおかみ	狼
辛い (イ/0) つら	辛苦、難受
嬉しい (イ/3) うれ	高興、歡喜
嫌 (ナ/2) いや	不願意、討厭

リスク (名/1)	風險
スイッチ (名/2或1)	開關
ボーナス (名/1)	獎金
エステサロン (名/4)	美容院
〜棟 (助數) とう	... 棟

逆接條件：動詞＋ても

「～ても」用於串連前後兩個句子，並表示前後兩句屬於「逆接」的關係。以「A ても、B」的形式來表達「一般而言，原本 A 這句話成立，照理說應該會是…的狀況的，但卻不是」。此用法經常配合表達假設的副詞「たとえ」使用。

此外，「～ても」亦可同時出現兩個以上，並使用一正一反的方式來描述。

例 句

・雨が　降っても、　洗濯します。（就算下雨，我也要洗衣服。）

雨が　降っても、　降らなくても、　洗濯します。（不管下不下雨，我都要洗衣服。）

雨が　降っても、　雪が　降っても、　洗濯します。

（不管下雨還是下雪，我都要洗衣服。）

・単語を　覚えても、　すぐ　忘れる。（即便背了單字，還是馬上就忘掉了。）

・たとえ　お金が　なくても、　税金は　払わなければ　なりません。

（就算沒錢，也得繳稅金。）

・A：息子さんが　病気に　なったら、　（あなたは）　会社を　休みますか。

（如果你兒子生病了，你會向公司請假嗎？）

B：いいえ、　息子が　病気に　なっても、　（私は）　会社を　休みません。

（不，就算我兒子生病了，我還是不會向公司請假。）

1. スイッチを 押して　　　　　　も、　　電気が　つきません。
   先生に　聞いて　　　　　　　　　　　わかりませんでした。
   結婚して　　　　　　　　　　　　　　子供を　産みたくない。
   この　病気は　薬を　飲まなくて　　　治ると　思うよ。

2. あなたが　来て　も　来なくて　　も、　私は　行きます。
   あなたが　食べて　　食べなくて　　　お金は　払って　もらいます。
   肩凝りで、　寝て　　起きて　　　　　辛い。
   雨が　降って　　　風が　吹いて　　　会社へ　行かなけれ　ばならない。

1. 例：ネットで　調べます・答えが　わかりません

   → ネットで　調べても、　答えが　わかりません。

   ① 練習します・上達しませんでした
   ② 真面目に　働きます・給料が　上がりません
   ③ 別れます・私の　ことを　忘れないで　ください
   ④ お金を　持って　います・あなたには　貸しません
   ⑤ 時間が　ありません・あなたに　会いたい
   ⑥ 恋人が　いません・寂しくない
   ⑦ 考えます・無駄です
   ⑧ 死にます・嫌だ

逆接條件：形容詞／名詞＋ても

表「逆接條件」的 A 句（前句）部分，亦可使用形容詞或名詞。前接イ形容詞時，去掉語尾「～い」再加上「くても」；前接ナ形容詞或名詞時，ナ形容詞語幹或名詞直接加上「でも」即可。「動詞＋たい／たくない」則是比照イ形容詞活用。

例句

・高くても、 その 家を 買いたい。（即便很貴，我也想要買那間房子。）

・暇でも、 あなたとは 一緒に 映画を 見に 行かない。
　（就算我很閒，我也不跟你一起去看電影。）

・大事な 会議ですから、 たとえ 病気でも 会社へ 行きます。
　（因為是很重要的會議，所以即便生病了，我還是要去公司。）

・彼女が 作って くれた 料理ですから、 美味しく なくても 無理して
　食べなければ なりません。
　（因為是女朋友做的料理，所以即便不好吃，也得勉強吃下去。）

・危ないですから、 行きたくても 一人で 行かないで ください。
　（因為很危險，所以就算想去，也請別獨自一人前往。）

・ひどい 病気ですから、 薬を 飲みたく なくても、
　飲まなければ なりません。
　（因為這是很嚴重的病，就算你不想吃藥，還是非吃不可。）

1. 暑くても、　　エアコンを　つけません。
   暑く　なくて　　エアコンを　つけます。
   不便で　　　　ここに　住みたいです。
   不便じゃ　なくて　　ここには　住みたくないです。
   子供で　　　　法律を　守らなければ　なりません。
   子供じゃ　なくて　　お子様ランチを　食べたいです。

2. 運転します から、　飲みたくて　　も、　飲まないで　ください。
   接待です　　　　飲みたく　なくて　　飲まなければ　なりません。

1. 例：忙しいです・あなたに　会いに　行きたいです
   → 忙しくても、　あなたに　会いに　行きたいです。
   ① 安いです・その　スマホを　買いません
   ② 頭が　痛いです・会社へ　行かなければ　なりません
   ③ 大変です・頑張ります
   ④ 便利です・スマホ決済は　使いたく　ないです
   ⑤ 日曜日です・働かなければ　なりません
   ⑥ 嘘です・嬉しいです
   ⑦ マンションを　買いたいです・親が　お金を　出して　くれません
   ⑧ あなたが　やりたく　ないです・やって　もらいますよ

疑問詞＋ても

　　若與副詞「いくら」、「どんなに」或「何」、「誰」、「どこ」、「い
つ」、「どう」等疑問詞併用，以「いくら／どんなに／疑問詞～ても」的形
式，則表達「即便前述的程度再高、再大／無論前述條件如何，後述的結果事
態都不會改變／都會成立」。

例句

・いくら　考えても、　わかりません。（無論怎麼想，我都想不透。）

・どんなに　頑張っても、　給料は　上がりません。
　（不管多努力，薪水仍然不會增加。）

・何が　あっても、　彼女と　結婚する。（不管發生什麼事，我都要跟她結婚。）

・誰が　何と　言っても、　駄目な　ものは　駄目だ。
　（不管是誰說了什麼，不行就是不行。）

・連休中は、　どこへ　行っても　人で　いっぱいです。
　（連續假期時，不管去哪裡都一堆人。）

・君は　いつ　見ても　可愛いね。（你不管什麼時候看都很可愛耶。）

・どう　考えても　あなたが　悪い。
　（怎麼想都是你的錯。）

1. いくら　聞いても、　教えて　くれない。
　　　　　安くて　　　　売れない。
　　　　　便利で　　　　ここに　住みたく　ない。

2. どんなに　節約しても、　お金は　貯まらない。
　　　　　　辛くて　　　　諦めるな。
　　　　　　下手で　　　　絵を　描くのが　好きです。

1. 例：何を　食べます・美味しくない
　　→　何を　食べても、　美味しくない。
　① 誰に　聞きます・わからない
　② どこに　います・仕事が　できる
　③ あの　会社は　いつ　倒産します・おかしくない
　④ 誰が　どう　見ます・あれは　犬では　なくて、　狼だ
　⑤ どれを　選びます・値段は　変わらない
　⑥ 何時間　待ちます・彼は　来なかった

～と 言って いました

　　有別於「進階 1」第 29 課「句型 4」所學習到的「～と 言いました」用來「引用」別人講過的話，本課的「～と 言って いました」則是將不在現場的第三者先前所講述過的話語，「轉告、傳達」給眼前的聽話者時使用。

例句

・A：あれ？ 王さん、 いませんね。（疑？小王怎麼不見了？）

　B：王さんは、 午後 用事が あるから 先に 帰ると 言って

　　　いましたよ。（小王說他下午有事，所以要先回家。）

・A：木村さんへの 誕生日プレゼント、 何が いい？

　　（木村小姐的生日禮物，要送什麼比較好？）

　B：最近 疲れて いると 言って いたから、 エステサロンの

　　　回数券は どう？

　　（她說她最近很累，所以送美容沙龍的票券如何？）

　A：いいね。 喜ぶと 思うよ。（好啊，我想她會很開心的。）

・A：明日の 試合、 雨だったら 中止に なりますか。

　　（明天的比賽，下雨的話會停賽嗎？）

　B：いいえ、 雨でも やると 監督が 言って いましたよ。

　　（不會，總教練說就算下雨也要比。）

練習A

1. 陳さんは　　30分で　戻って　くる　　　　　　　　　　と　言って　いました。

　　　　　　　　飲み会には　行かない

　　　　　　　　今日の　仕事は　全部　終わった

　　　　　　　　あの　店の　コーヒーは　まずい

　　　　　　　　彼女の　ことが　好きだ

　　　　　　　　宝くじが　当たったら、　ビルを　買う

　　　　　　　　高くても　あの　ビルを　買いたい

練習B

1. 例：課長（やり方　わからなかったら　自分で　調べて　ください。）

　　→　A：課長は　何と　言って　いましたか。

　　　　B：やり方が　わからなかったら　自分で　調べろと　言って　いました。

① 部長（今日の　仕事が　終わったら　もう　帰っても　いいですよ。）

② 先生（どんなに　大変でも　諦めないで　ください。）

③ 鈴木さん（ボーナスが　出たら　ハワイへ　遊びに　行きます。）

④ 中村さん（何が　あっても　彼女と　結婚します。）

⑤ 小林さん（一人で　子供を　育てるのは　大変です。）

⑥ 田村さん（連休中は　どこも　行かない　ほうが　いいです。）

⑦ 山田さん（ホテルは　もう　予約して　あります。）

⑧ 吉田さん（息子を　医者に　します。）

（松本和小陳在談論上一課小王說要買大樓的話題）

松本：王さんは　宝くじが　当たったら　賃貸マンションを

1棟　買うと　言って　いますが、　どんな

マンションでも　入居者が　見つかりますか。

陳　：そうでも　ないよ。

立地が　悪かったら　誰も　入って　くれないし、

いくら　家賃を　安く　しても　借り手が　見つからない

場合も　あるからね。

松本：都内の　物件だったら、　リスクが　低いでしょ（う）？

陳　：たとえ　都内の　物件でも、　空室や　家賃滞納、

さらに　自然災害の　リスクも　あるよ。

反対に、　家賃が　相場より　少し　高くても

「ここに　住みたい！」と　いう　マンションも

あるからね。

不動産投資って、　物件を　見極めるのが

一番　大事だと　思う。

松本：なるほど。　いろいろ　勉強に　なりました。

松本：小王說，他如果中了樂透彩，就要買一整棟的出租大樓。

　　　無論是怎樣的房子都一定找得到租客嗎？

陳　：也不見得喔。如果地點不好的話，就沒人要入住，無論把房租降到多低，

　　　還是會有找不到租客的情況。

松本：都內的物件，是不是風險比較低？

陳　：就算是都內的物件，也有空屋、房租遲繳，甚至是自然災害的風險喔。

　　　但相反地，也有一些房子就算是比行情稍貴，還是大家搶著要住的。

　　　不動產投資啊，我認為看清楚物件（會分辨物件的好壞）是最重要的。

松本：原來如此。受教了。

填空題

1. 病気でも　会社を　休まない（　　　　）　陳さんが　言って　いましたよ。

2. 値段（　　　　）　安く　しても、　この　家を　買う　人は　いません。

3. ちょっと　待って　いて　くださいね。　10分（　　　　）　戻って　きます。

4. 彼（　　　　）　謝っても、　私は　絶対に　許して　あげません。

5. 雨が　（降ります　→　　　　　　　　　　）、　出かけます。

6. （まずいです　→　　　　　　　　　　）、　食べなければ　なりません。

7. 私が　綺麗ですって？　（嘘です　→　　　　　　　　）、　嬉しいわ。

8. 恋人が　（いません　→　　　　　　　　　）、　寂しくないです。

選擇題

1. この　病気は　薬を　（　）、　治りません。
　　1　飲んたら　　　　2　飲んだら　　　　3　飲んても　　　　4　飲んでも

2. 病気（　）、　会社へ　行かなければ　なりません。
　　1　ても　　　　　2　でも　　　　　　3　たら　　　　　　4　だら

3. （　）　暑くても　エアコンを　つけません。
　　1　もし　　　　　2　もう　　　　　　3　どんなに　　　　4　どんな

4. お金が　（　）、　毎日　幸せです。
　　1　ないでも　　　2　なくても　　　　3　なかっても　　　4　ないても

5. この　部屋は、　昼（　）　暗いです。

　　1　でも　　　　　　2　ても　　　　　　3　くても　　　　　　4　だっても

6. 松本さんは、　さっき　電話で　少し　遅れると　（　）
　　1　思います　　　　　　　　　　2　言います
　　3　思って　いました　　　　　　4　言って　いました

翻譯題

1. 頑張っても　頑張らなくても、　給料は　変わりません。

2. この　本は　難しくて、　何回　読んでも　意味が　わかりません。

3. 億万長者に　なっても、　家族が　そばに　いなかったら　無意味です。

4. 即便是發燒了，也不向公司請假。（熱が　あります）

5. 再貴，我也要買新 iPhone。

6. 小陳說他會遲到 30 分鐘左右。

33

コピーするのを 忘(わす)れちゃった。

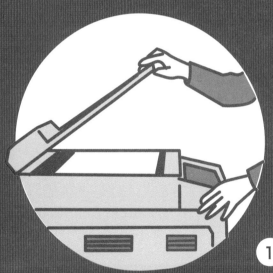

集めます (動)	收集	浮気 (サ /0)	外遇、愛情不專一
貯めます (動)	存錢	入国審査 (名 /5)	入境檢查
戻します (動)	放回原處	賞味期限 (名 /4)	食品有效期限
踏みます (動)	踩、踏	百科全書 (名 /4)	百科全書
殴ります (動)	揍、毆打		
バレます (動)	壞事敗露	そのまま (副 /0)	保持原樣
留めます (動)	把...固定、釘	しばらく (副 /2)	暫時、一會兒
切れます (動)	消耗品用光	全部 (副 /1)	全部
落とします (動)	弄掉		
間違えます (動)	搞錯、弄錯	お皿 (名 /0)	碟子、盤子
		コップ (名 /0)	杯子
動詞 (名 /0)	動詞	シャンパン (名 /3)	香檳
活用 (サ /0)	用言語尾變化		
資金 (名 /1)	資金	カッター (名 /1)	美工刀
暖房 (名 /0)	暖氣	シャープペンシル (名 /4)	自動鉛筆
返事 (サ /3)	回答、回覆	ペン立て (名 /3)	筆筒

収納ケース（名/5）	收納箱
コピー用紙（名/4）	影印紙
封筒（名/0）	信封
インク（名/0）	印刷墨水
プリンター（名/0）	印表機
ホッチキス（名/1）	釘書機
横書き（名/0）	橫寫
縦書き（名/0）	直寫
左上（名/0）	左上
右上（名/0）	右上
プレゼン（名/0）	簡報
論文（名/0）	論文
計画書（名/0）	企劃書
しまった！（感/2）	糟了！
気を　つけます（慣）	小心、留意

～て　おきます（準備・措施）

　　「～て　おきます」源自於動詞「置<ruby>お</ruby>きます」。意思是「為達到某目的，事先做好準備或措施」。口語表達時，可以把「～て　おきます」說成縮約形「～ときます」。

　　本句型亦學習：「～て　おきました」來表達「已經做好某準備」、「～ておいて　ください」來表達「請求對方先做好準備」、「～て　おきましょう」來表達「提議做好某準備」、以及「～て　おいたら　いい（ですか）」來尋求「自己應該怎麼做」的建議。

例句

・旅行<ruby>りょこう</ruby>の　前<ruby>まえ</ruby>に、　新幹線<ruby>しんかんせん</ruby>の　チケットを　予約<ruby>よやく</ruby>して　おきます（予約<ruby>よやく</ruby>しときます）。
　　　　　　　　　　　　　　　　　予約<ruby>よやく</ruby>して　おく（予約<ruby>よやく</ruby>しとく）。

（去旅行之前，事先預約好新幹線的車票。）

・動詞<ruby>どうし</ruby>の　活用<ruby>かつよう</ruby>は　試験<ruby>しけん</ruby>に　出<ruby>で</ruby>ますから、　よく　覚<ruby>おぼ</ruby>えて　おいて　ください。
（考試會考出動詞的變化，請務必記好。）

・食事<ruby>しょくじ</ruby>が　終<ruby>お</ruby>わったら、　お皿<ruby>さら</ruby>とかを　洗<ruby>あら</ruby>って　おいて（洗<ruby>あら</ruby>っといて）ね。
（吃完飯後，請把盤子之類的洗起來放喔。）

・課長<ruby>かちょう</ruby>、　次<ruby>つぎ</ruby>の　会議<ruby>かいぎ</ruby>までに　何<ruby>なに</ruby>を　して　おいたら　いいですか。
（課長，下次會議之前，我應該事先做些什麼來做預備呢？）

・シャンパンを　買<ruby>か</ruby>って　おいたよ。　冷蔵庫<ruby>れいぞうこ</ruby>に　冷<ruby>ひ</ruby>やして　あるから、
そろそろ　出<ruby>だ</ruby>して　おいて。
（我買了香檳喔。我將它冰在冰箱裡，你差不多可以把它拿出來放了。）

1. レポートを 書く 前に、　資料を 集めて おきます（集めときます）。
　　　　　　　　　　　　　　資料を 集めて おく（集めとく）。
　　入国審査の　　　　　　　パスポートを 出して おきます（出しときます）。
　　　　　　　　　　　　　　パスポートを 出して おく（出しとく）。

2. 資料 は コピーして おきました（コピーしときました）。
　　　　　　コピーして おいた（コピーしといた）。
　　お弁当　温めて おきました（温めときました）。
　　　　　　温めて おいた（温めといた）。

3. 資料 は あそこに 置いて おいて ください。　→　置いといて ください。
　　ゴミ　　外に 出して おいて。　　　　　　　　　出しといて。

4. 旅行の 資金 は いくら 貯めて おいたら いいですか。
　　今度の 試験　　どこを 覚えて　　　　いい？

1. 例：辞書（本棚に 戻します。）
　　→　A：辞書、 借りても いい？
　　　　B：いいよ。 使ったら 本棚に 戻して おいてね（戻しといてね）。
　　① はさみ（私の 引き出しに しまいます。）
　　② カッター（収納ケースに 戻します。）
　　③ シャープペンシル（ペン立てに 入れます。）
　　④ タブレット（机の 上に 置きます。）
　　⑤ 会議室（電気を 消します。）
　　⑥ 切手（新しいのを 買って きます。）

句型二

～て　おきます（放置）

　　「～て　おきます」除了可以表達「事先做好準備或措施」外，亦可用於表達「放任不管、維持原狀」。此用法經常配合副詞「そのまま」、「しばらく」，或者一段時間的詞彙使用。本句型亦學習：「～て　おいて　ください」來表達「請求對方不去做任何動作，放任、維持其狀態」。

例句

・ラジオは、　そのまま　つけて　おきます（つけときます）ね。

　　　　　　　　　つけて　おく（つけとく）ね。

（我收音機就不關了，就這樣開著喔。）

・夜 11 時まで、　エントランスの　ドアを　開けて　おきます（開けときます）。

（我會將入口的大門開放到晚上 11 點。）

・暑いですから、　エアコンは　しばらく　つけて　おいて　ください。

（因為很熱，冷氣請你暫時放任開著不要關。）

・これから　会議が　ありますから、　椅子は　そのままに　して　おいて

ください。（等一下要開會，所以你椅子就這樣放著，不要收起來。）

・A：お皿を　片付けても　いいですか。（我可以收走盤子嗎？）

　B：まだ　食べて　いますから、　置いといて　ください。

（我還在吃／還沒吃完，先這樣放著。）

1. 暑いです から、 窓 は そのまま 開けて おきます。
   寒いです 暖房 つけて
   これから 会議です 椅子 並べて
   まだ 使って います 資料 そのままに して

1. 例：コップを 洗います。（まだ 飲んで います・そのままに します）
   → A：コップを 洗って おきましょうか。
   　 B：まだ 飲んで いますから、 そのままに して
   　　　　 おいて ください。

① はさみを しまいます。（後で 使います・置きます）

② カッターを 収納ケースに 戻します。
   （まだ 使って います・出します）

③ 会議室の 電気を 消します。（これから 会議です・つけます）

④ 椅子を 片付けます。
   （会議は まだ 終わって いません・並べます）

⑤ 古い 雑誌を 捨てます。
   （調べたい ものが あります・私の 机に 置きます）

⑥ シャンパンを 冷蔵庫から 出します。
   （みんなが 来るまで もう 少し 時間が あります・冷やします）

句型三

～て　しまいます／ました (完了)

　　「～て　しまいます」用於表達「事情全部做完，解決、處理完畢」，經常會與「全部」、「もう」等副詞共用。

　　使用非過去「～て　しまいます」時，表達「此事尚未完成，但說話者將於說完話後，將其解決、完成」；使用過去「～て　しまいました」時，則表達「說話者已將此事完成、解決（且口氣中帶有一股安心感或達成感）」。

　　口語時亦可使用縮約形「～ちゃいます／じゃいます」的形式。

例句

・レポートは、　明日　出して　しまいます（出しちゃいます）。

　　　　　　　　　出して　しまう（出しちゃう）。（報告明天會完成交出去。）

・昨日　買った　本は、　もう　読んで　しまいました（読んじゃいました）。

　　　　　　　　　　　　　読んで　しまった（読んじゃった）。

（昨天買的書已經讀完了。）

・今日中に　この　仕事を　やって　しまいます（やっちゃいます）から、
先に　帰って　ください。（我今天之內要把這個工作完成，你先回去吧。）

・この　本の　単語を　全部　覚えて　しまった（覚えちゃった）。

（這本書的單字全部都背起來了。）

・賞味期限が　短いから、　早く　食べて　しまって（食べちゃって）
くださいね。

（因為保存期限很短，所以請儘早吃掉喔。）

1. 彼女が 作った 料理は 全部 食べて しまいました → 食べちゃいました
　　　　　　　　　　　　　　　食べて しまった 　　　食べちゃった
　　この 百科全書 　　　　　読んで しまいました 　読んじゃいました
　　　　　　　　　　　　　　　読んで しまった 　　　読んじゃった

2. 夏休みの 宿題は 明日 やって しまいます → やっちゃいます
　　　　　　　　　　　　　　やって しまう 　　　やっちゃう
　　彼の 論文 　　　　　　読んで しまいます 　読んじゃいます
　　　　　　　　　　　　　　読んで しまう 　　　読んじゃう

練習 B

1. 例：レポート・書きました。 → レポートは もう 書いて しまいました。
　① 資料・コピーしました。
　② 荷物・片付けました。
　③ 単語・覚えました。
　④ 計画書・部長に 提出しました。

2. 例：一緒に 帰ります・会議の 資料を 作ります
　　→ A：一緒に 帰りませんか。
　　　　B：すみません、 会議の 資料を 作って しまいますから ...。
　① 一緒に テレビを 見ます・部屋を 片付けます
　② コーヒーでも 飲みます・メールの 返事を 書きます
　③ もう 寝ます・明日の プレゼンの 準備を します
　④ 晩ご飯を 食べに 行きます・宿題を やります

句型四

〜て　しまいました（遺憾）

「〜て　しまいました（過去形式）」亦可用於表達「發生了、或者說話者做了一件無法挽回的事情，因而感到懊悔、可惜、遺憾」。

口語時亦可使用縮約形「〜ちゃいました／じゃいました」的形式。

例句

・先生の　名前を　忘れて　しまいました（忘れちゃいました）。

　　　　　　　　　忘れて　しまった（忘れちゃった）。（我忘了老師的名字。）

・コンビニで　傘を　間違えて　しまいました（間違えちゃいました）。

　　　　　　　　　間違えて　しまった（間違えちゃった）。

（我在便利商店拿錯了雨傘。）

・猫が　死んで　しまいました（死んじゃいました）。

　　　　死んで　しまった（死んじゃった）。（貓咪死掉了。）

・あっ、　猫を　踏んで　しまいました（踏んじゃいました）。

　　　　　　　踏んで　しまった（踏んじゃった）。（啊，不小心踩到貓咪了。）

・気を　つけて　いましたが、　コロナに　かかって　しまいました

　　　　　　　　　　　　　　　（かかっちゃいました）。

　　　　　　　　　　　　　　　かかって　しまった

　　　　　　　　　　　　　　　（かかっちゃった）。

（我雖然很小心注意，但還是不慎感染了武漢肺炎。）

1. 財布 を 落として しまった → 落としちゃった
   ガラス　　割って　　　　　　　割っちゃった
   先生　　　殴って　　　　　　　殴っちゃった
   手紙　　　読んで　　　　　　　読んじゃった

2. 服 が 汚れて しまった → 汚れちゃった
   スマホ　　壊れて　　　　　　　壊れちゃった
   浮気　　　バレて　　　　　　　バレちゃった
   猫　　　　死んで　　　　　　　死んじゃった

3. 見て は いけない もの を 見て しまいました → 見ちゃいました
   言って　　　　　　こと　言って　　　　　　　　言っちゃいました

1. 例：傘を 忘れました。
   → 傘を 忘れて しまいました（忘れちゃいました）。
     傘を 忘れて しまった（忘れちゃった）。
   ① 遅刻しました。　　　　　　② 要らない ものを 買いました。
   ③ 服を 汚しました。　　　　　④ パスポートを なくしました。
   ⑤ 雨が 降って きました。　　⑥ 授業中に 寝ました。
   ⑦ 大学受験に 落ちました。　　⑧ 嫌な 人が 来ました。
   ⑨ 妹の ジュースを 飲みました。　⑩ 人の 足を 踏みました。

（山田小姐拜託松本先生幫忙影印製作會議的資料）

山田：あっ、　大変！　会議の　資料を　コピーするのを
　　　忘れちゃった！
　　　松本さん、　すみませんが、　ホッチキスで　資料を
　　　留めるのを　手伝って　くれませんか。

松本：ちょっと　待っててね。　先に　メールの　返事を
　　　書いて　しまいますから。

松本：お待たせしました。

山田：こちらの　書類は　横書きですから、　左上に
　　　留めますね。　そちらの　縦書きの　ものは　右上に
　　　留めて　ください。　よろしく　お願いします。

松本：留めた　資料は　会議室まで　持って　いきましょうか。

山田：大丈夫です。　封筒に　入れて　おかなければ
　　　なりませんから、　そのままに　して
　　　おいて　ください。

山田：しまった！　コピー用紙が　切れちゃった！

松本：先週　買っときましたから、　持って　きますね。

山田：啊，糟了！我忘記印會議的資料了。

　　　松本先生，不好意思，你能幫我把資料訂訂書針嗎？

松本：等我一下，我先把 E-mail 的回信寫完。

松本：久等了。

山田：這邊的文件是橫式的，所以訂在左上方。那邊直式的文件，

　　　請訂在右上方。

　　　麻煩你了。

松本：訂好的資料我幫你拿去會議室吧。

山田：不用了。還需要裝封到信封裡，就擺在哪裡就可以了。

山田：慘了！影印紙沒了。

松本：我上星期有買了（事先準備好了），我去拿來喔。

隨堂測驗

填空題

例：猫を　踏んだ　　　→　踏んで　しまった　　　→　踏んじゃった

例：猫を　踏みました　→　踏んで　しまいました　→　踏んじゃいました

1. 全部　食べた

2. 全部　食べました

3. 全部　使った

4. 全部　使いました

5. 財布を　忘れた

6. 財布を　忘れました

7. 猫が　死んだ

8. 猫が　死にました

選択題

1. 寝る　前に、　明日　使う　ものを　かばんに　入れて（　　）。

　　1　あります　　　　2　みます　　　　　3　おきます　　　　　4　います

2. まだ　使って　いますから、　はさみは　そのまま　（　　）。

　　1　置いおいてください　　　　　　　2　置いておいでください

　　3　置いといてください　　　　　　　4　置いておきてください

3. 車を　きれいに　洗いましたが、　もう　汚れて（　　）。

1　しまいました　2　おきました　　3　ありました　　　4　みました

4. あっ、　財布を　（　　）！。
   1　忘れてちゃった　　　　　　　　2　忘れちゃった
   3　忘れてじゃった　　　　　　　　4　忘れじゃった

5. 夏休みの　宿題は　もう　（　　）　しまいました。
   1　やって　　　　　　2　やった　　　　　3　やりて　　　　　4　やんて

6. この　資料、　いつまで　取って　（　　）　いいですか。
   1　おいては　　　　2　おいたら　　　　3　しまったら　　　　4　しまっては

翻譯題 ⋯⋯⋯⋯⋯⋯⋯⋯⋯⋯⋯⋯⋯⋯⋯⋯⋯⋯⋯⋯⋯⋯⋯⋯⋯⋯⋯

1. よく　覚えとけ！（覚えて　おけ）

2. 先に　晩ご飯　食べて　ください。　この　仕事を　やって　しまいますから。

3. スマホを　トイレに　落としちゃった。

4. 電視請就這樣開著別關。

5. 印表機的墨水用完了。

6. 藥我全都吃了。

Memo

34

足に　怪我を　して　しまったんです。
(あし)(けが)

1 〜んですか

2 〜んです

3 〜んですが、〜

4 〜て　ほしいです（期望）

切_きります （動）	剪（頭髮）	刺身_{さしみ} （名/3）	生魚片
開_{ひら}きます （動）	啟動 APP	にんじん （名/0）	胡蘿蔔
遭_あいます （動）	遭遇事故	相撲_{すもう} （名/0）	相撲
渡_{わた}します （動）	把...交給	選手_{せんしゅ} （名/1）	選手
替_かえます （動）	替換	小銭_{こぜに} （名/0）	零錢
寝込_{ねこ}みます （動）	臥床不起	株価_{かぶか} （名/2）	股價
吊_つるします （動）	把...吊掛	おつり （名/0）	找零
サボります （動）	蹺班蹺課	手料理_{てりょうり} （名/2）	親手做的菜
独立_{どくりつ}します （動）	自立門戶		
翻訳_{ほんやく}します （動）	翻譯	すごく （副/2）	很、非常
長生_{ながい}きします （動）	長壽	苦_{くる}しい （イ/3）	痛苦、困難
（給料_{きゅうりょう}を）上_あげます （動）	調漲薪水	辛_{から}い （イ/2）	辣的
契約_{けいやく} （サ/0）	契約、簽約	大_{おお}きな （連体/1）	大的
検査_{けんさ} （サ/1）	檢查	順番_{じゅんばん} （名/0）	順序
呼吸_{こきゅう} （サ/0）	呼吸	調子_{ちょうし} （名/0）	狀況、狀態

逆さに (副/0)	顛倒、相反
お願い (名/0)	請求
ネックレス (名/1)	項錬
パクチー (名/1)	香菜
トラベルコンバーター (名/7)	旅行用變壓器
交通事故 (名/5)	車禍
てるてる坊主 (名/5)	晴天和尚／晴天娃娃
我が国 (名/1)	我國
金メダル (名/3)	金牌
実は (副/2)	其實

～んですか

　　「～んですか」用於說話者「看到或聽到一個狀況，進而詢問對方、要求對方說明」時。常體講法為「～の？」（※L29 句型 3 例句）
　　接續時，前方為名詞修飾形，「名詞」的「現在肯定」時，必須使用「な」。

例句

・（看到學生遲到，老師詢問）　どうして　遅（おく）れたんですか。／遅（おく）れたの？
　（為什麼遲到了呢？）

・（看到剛進門的同事頭髮濕濕的）　雨（あめ）が　降（ふ）って　いるんですか。／
　　　　　　　　　　　　　　　　　　　降（ふ）って　いるの？（是在下雨喔？）

・（看到同事戴新項鍊，詢問）　かわいい　ネックレスですね。
　　　　　　　　　　　　　　　どこで　買（か）ったんですか。／買（か）ったの？
　（好可愛的項鍊啊。在哪裡買的啊？）

・（看著朋友津津有味地吃著東西）　それ、　美味（おい）しいんですか。／美味（おい）しいの？
　（那個東西好吃喔？）

・（看到同事不太想吃眼前的生魚片）　刺身（さしみ）、　嫌（きら）いなんですか。／嫌（きら）いなの？
　（你討厭生魚片啊？）

・（聽到翔太在講述大學生活）　翔太君（しょうたくん）は　大学生（だいがくせい）なんですか。／大学生（だいがくせい）なの？
　（翔太你是大學生啊？）

1. 旅行に　行く　　んですか。／の？
   これ、　食べない
   髪、　切った
   昨日、　寝なかった

2. お腹が　痛い　　　　　　んですか。／の？
   寒く　ない
   昨日、　忙しかった
   彼女が　作った　料理、　美味しくなかった

3. あの人、　有名な　　んですか。／の？
   あの人は　社長じゃない
   昨日は　雨だった
   あなた、　病気じゃなかった

1. 例：かわいい　ブローチです・どこで　買いましたか（イタリア）
   → A：かわいい　ブローチですね。　どこで　買ったんですか。
   B：イタリアで　買いました。
   ① 美味しい　ケーキです・誰に　もらいましたか（小林さん）
   ② うるさいです・何を　やって　いますか（相撲の　練習）
   ③ 日本語が　上手です・どこで　習いましたか（台湾の　大学）
   ④ おしゃれな　服です・いつ　買いましたか（先週）

～んです

「～んです。」用於回答上個用法問題，或針對一個狀況說明理由時。常體講法為「～の。」(※ L24 本文) 或「～んだ／のだ。」

例 句

・（學生回答「句型 1」的老師詢問）　電車が　遅れたんです。（因為電車誤點。）

　（若是學生回答同學）　電車が　遅れたんだ。／遅れたの。

・吉田さんも　パーティーに　来るでしょ？　私は　参加しませんよ／しないよ。
彼が　嫌いなんです／嫌いなの。

　（吉田先生也會來派對，對吧？　我不參加喔。因為我討厭他。）

・（店員看到客人抽菸）　すみません、　ここは　禁煙なんです。（抱歉，這裡禁菸。）

　（朋友到家裡抽菸）　ごめん、　うちは　禁煙なんだ／禁煙なの。

　　　　　（抱歉，我家禁菸。）

・来週、　国へ　帰ります。　いい　仕事が　見つかったんです／見つかったの。

　（我下星期要回國。因為我找到了不錯的工作。）

・先生：どうして　授業に　来なかったんですか。（你為什麼沒來上課呢？）
学生：風邪で、　寝込んで　いたんです。（因為感冒臥床不起。）

・学生 A：どうして　授業を　サボったの？（你為什麼翹課？）
学生 B：あの　先生の　授業、　時間の　無駄なの／無駄なんだ。

　　　（那個老師的課，浪費時間。）

1. 彼と　結婚しました。　　彼を　愛して　いる　　　　　んです。／の。
　　　　　　　　　　　　　私は　彼が　好きな
　　　　　　　　　　　　　彼は　お金持ちな
　　　　　　　　　　　　　彼は　すごく　やさしい

練習B

1. 例：頭が　痛いです。

　→　A：どうしたんですか。　B：頭が　痛いんです。

① パソコンの　電源が　切れました。
② スマホ決済の　アプリが　開きません。
③ 財布を　どこかに　落としました。
④ 自動販売機から　おつりが　出て　きません。
⑤ 呼吸が　苦しいです。
⑥ スマホの　調子が　おかしいです。
⑦ この　紅茶の　味が　変です。
⑧ 僕は　パクチーが　苦手です。

2. 例：会社を　辞めます（独立します）

　→　A：どうして　会社を　辞めるんですか。　B：独立するんです。

① 彼と　結婚しました（彼を　愛して　います）
② 運動会に　参加しません（運動が　嫌いです）
③ 昼ご飯を　食べませんでした（財布を　家に　忘れちゃいました）

句型三

～んですが、～

「～んですが、～」用於開啟一個話題、或向對方提出要求時，先行講出的開場白。常體講法為「～んだけど、～」使聽話者較不感覺到唐突。亦經常與「進階1」第30課的「句型4」的「～て　くれませんか」一起使用，請求對方幫助自己做某事。

例句

・A：ちょっと、　お願いが　あるんですが／だけど…。（我有些事想麻煩你。）
　B：何ですか。／何？（是什麼呢？）

・A：部長、　契約の　件なんですが…。（部長，關於契約…。）
　B：どうしたの？（怎麼了？）

・これから　みんなで　飲みに　行くんですが、　先輩も　来ませんか。
　（等一下大家要一起去喝一杯，學長要不要一起來呢？）

・場所が　わからないんですが、　連れて　行って　くれませんか。
　場所が　わからないんだけど、　連れて　行って　くれない？
　（我不知道地方，你能帶我去嗎？）

・よく　聞こえないんですが、　もう少し　大きな　声で　お願いします。
　（我聽不太清楚，請你再講大聲一點。）

・黒板の　字が　見えないんですが、　前の　席に　座っても　いいですか。
　（我看不見黑板的字，我可以坐到前面的位置嗎？）

1. すみません、 トイレへ 行きたいんですが ...。／んだけど ...。

あっ、 順番を 間違えた

小銭が 足りない

あれ？ 教室には 誰も いない

ちょっと 寒い

この 資料が 欲しい

辛い ものは 苦手な

今日は 休みな

1. 例：ちょっと 暑いです・エアコンを つけます

   → ちょっと 暑いんですが、 エアコンを つけて くれませんか。

   例：ちょっと 暑い・エアコンを つける

   → ちょっと 暑いんだけど、 エアコンを つけて くれない？

   ① 銀行へ 行きたいです・道を 教えます

   ② 日本語で 作文を 書きました・文法を 直します

   ③ 海外旅行に 行きます・トラベルコンバーターを 貸します

   ④ 意味が よく わかりません・もう 少し 詳しく 説明します

   ⑤ 今度の 日曜日に 引っ越しを する・手伝う

   ⑥ 財布を 忘れた・お金を 貸す

   ⑦ 今、 忙しい・誰か この 仕事を やる

   ⑧ 今、 すごく 暇だ・ 誰か 付き合う

～て　ほしいです（期望）

　　「～て　ほしいです」源自形容詞「欲しい」，意思為「說話者希望對方做某動作或保持某狀態」。表達對某人的期望時，對方助詞使用「～に」。表達期望某事發生時，對象使用助詞「～が」。

例句

・息子に　早く　結婚して　ほしいです。（希望兒子早點結婚。）

・恋人に　私の　手料理を　食べて　ほしいです。

　（希望給男／女朋友吃我的手作料理。）

・どこにも　行かないで、　（あなたに）　ここに　いて　ほしい。

　（不要走，我希望你待在這裡。）

・毎日　寒いですね。　早く　春が　来て　ほしいです。

　（每天都好冷喔。希望春天早點到來。）

・雨が　降って　ほしい　時は、　てるてる坊主を　逆さに　吊るします。

　（希望下雨的時候，就把晴天和尚＜娃娃＞反吊著。）

・会議の　資料を　直して　ほしいんですが、　お願いしても　いいですか。
　会議の　資料を　直して　ほしいんだけど、　お願いしても　いい？

　（我想請你把會議的資料修正，能麻煩你嗎。）

1. 息子 に　　もっと　勉強して　　　　ほしいです。
   夫　　　　　家事の　手伝いを　して
   親　　　　　長生きして

2. 早く　　夏休み　が　始まって　ほしいです。
   早く　　雨　　　　　止んで
   もっと　株価　　　　上がって

1. 例：ちょっと　レポートを　見ます。

   →　すみません。　ちょっと　レポートを　見て　ほしいんですが…。

   ① ちょっと　手伝います。

   ② ちょっと　来ます。

   ③ メニューを　見せます。

   ④ お皿を　替えます。

   ⑤ この　資料を　確認します。

   ⑥ これを　日本語に　翻訳します。

   ⑦ 彼を　調べます。

   ⑧ これを　会議室まで　運ぶのを　手伝います。

（佐藤先生出車禍後來到了公司）

小林：佐藤さん、　今日　遅かったですね。

どうしたんですか。

佐藤：実は　さっき　駅前で　交通事故に　遭って、

足に　怪我を　して　しまったんです。

小林：えっ？　大丈夫ですか？　病院へは　行きましたか。

佐藤：いいえ、　まだなんですよ。　会社が　終わってから

行こうと　思って。

小林：だめですよ。　何か　あったら　大変ですから、

今すぐ　病院へ　行って、　詳しい　検査を　して

もらった　ほうが　いいですよ。

（小林小姐叫鈴木先生帶佐藤先生去看醫生）

小林：鈴木さん、　佐藤さんを　車で　病院まで　連れて

いって　ほしいんですが、　お願いしても　いいですか。

鈴木：いいですよ。　先に　この　資料を　課長に　渡して

きますから、　それから　行きましょうね、　佐藤さん。

佐藤：ありがとう　ございます。　お願いします。

小林：佐藤先生，你今天比較慢到公司耶。怎麼了嗎？

佐藤：其實我剛剛在車站前面遇到交通事故，腳受傷了。

小林：什麼？你沒怎樣吧？去醫院了嗎？

佐藤：沒，還沒去。我想說公司結束後再去。

小林：不行啊。如果怎樣就糟糕了，你現在立刻去醫院，

　　　（叫醫生幫你）做詳細的檢查比較好喔。

小林：鈴木先生，我想請你開車帶佐藤先生去醫院，可以麻煩你嗎？

鈴木：好啊。我先把這個資料交給課長，然後我們就出發喔，佐藤先生。

佐藤：謝謝，拜託你了。

填空題 ···

例：雨が　降って　いますか。　　→　降って　いるんですか。

　　　　　　　　　　　　　　　　　→　降って　いるの？

1. 頭が　痛いです。

2. お金が　ありません。

3. にんじんが　嫌いですか。

4. 会社へ　行きたくないです。

5. 彼は　弁護士です。

6. 学生では　ありませんか。

7. 財布を　落としました。

8. 何か　ありましたか。

選擇題 ···

1. 今、　雨ですよ。　（　）んですか。

　　1　出かける　　　2　出かけない　　　3　出かけた　　　4　出かけます

2. A：どうして　昨日　来なかった（　）？

　　B：ごめん、　約束を　忘れちゃって。

　　1　から　　　　　2　んだ　　　　　3　の　　　　　4　なの

3. A：いつも　赤い　服を　着て　いますね。

　　B：ええ、　私、　赤が　（　）んです。

　　1　好き　　　　　2　好きな　　　　　3　好きの　　　　　4　好きだ

4. えっ？　彼女が　社長の　愛人（　）？

　　1　の　　　　　　　2　だの　　　　　　3　かの　　　　　　4　なの

5. 資料が　ほしいんですが、　送って　（　）ませんか。

　　1　あげ　　　　　　2　もらい　　　　　3　くれ　　　　　　4　しまい

6. 我が国の　選手に　金メダルを　とって　（　）。

　　1　ほしい　　　　　2　おく　　　　　　3　しまう　　　　　4　たい

翻譯題

1. 顔色が　悪いね。　どうしたの？

2. 大学を　卒業したら　アメリカへ　留学しようと　思って。

3. 夫に　家事を　手伝って　ほしい。

4. 什麼？你會法文喔？

5. 這包包不錯耶，在哪裡買的呢？

6. 希望能夠加薪／調漲薪水。

35

絵が　描けるんですか。

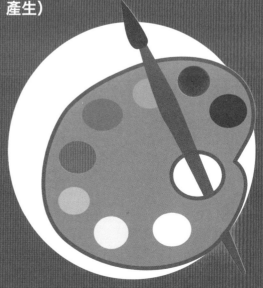

單字

しんぱい 心配します（動）	擔心	しま 島（名/2）	島嶼
しゅうちゅう 集中します（動）	集中注意	あ ち 空き地（名/0）	空地
ちゅうしゃ 駐車します（動）	停車	カタカナ（名/3）	片假名
イケメン（名/0）	帥哥	な ごえ 泣き声（名/3）	哭聲
もと 元カノ（名/0）	前女友	でん し じ しょ 電子辞書（名/4）	電子字典
ゆうれい 幽霊（名/1）	幽靈	にゅうきょいわ 入居祝い（名/4）	喬遷賀禮
め じり 目尻（名/1）	眼梢、眼角	だん 段ボール（名/3）	瓦愣紙
ニキビ（名/1）	面皰、青春痘	す し や お寿司屋さん（名/0）	壽司店
しわ（名/0）	皺紋	キッチン（名/1）	廚房
じゅん び 準備（サ/1）	準備	ウイスキー（名/3）	威士忌酒
はつおん 発音（サ/0）	發音	ランチセット（名/4）	商業午餐套餐
はな み 花見（名/3）	賞（櫻）花	ショッピングモール （名/6）	購物廣場
けしき 景色（名/1）	風景、景色	シャンプー（名/1）	洗髮精
きんじょ 近所（名/1）	家裡附近	ボディーソープ （名/4）	身體乳

シャワールーム（名 /4）	淋浴間
心配（ナ /0） しんぱい	擔心
丈夫（ナ /0） じょうぶ	牢固、堅固
急に（副 /0） きゅう	突然
ぴったり（副 /3）	恰好、相稱
おめでとう　ございます。（慣）	恭喜
気に　入ります。（慣） き　い	中意、喜歡
ところで（接 /3）	對了 （轉換話題時）

※真實人名：

ピカソ（名 /1）	畢卡索
ゴッホ（名 /1）	梵谷
東京タワー（名 /5） とうきょう	東京鐵塔
東京都庁（名 /5） とうきょう と ちょう	東京都廳

可能形

　　可能形用於表達「動作主體有無施行此行為的能力」。與「初級3」第16課「句型4」所學習的「～ことが　できます」意思相同。只要將動詞轉為可能形即可。一類動詞僅需將（～iます）改為（～e）段音，並加上「ます」；二類動詞則將ます去掉替換為～られます；三類動詞則是死記即可。

一類動詞：	二類動詞：
・買います　→　買えます	・見ます　→　見られます
・書きます　→　書けます	・起きます　→　起きられます
・貸します　→　貸せます	・出ます　→　出られます
・待ちます　→　待てます	・寝ます　→　寝られます
・死にます　→　死ねます	・食べます　→　食べられます
・読みます　→　読めます	・教えます　→　教えられます
三類動詞「来ます」： ・来ます　→　来られます	三類動詞「します」： ・します　→　　できます

例句

・私は　漢字が／を　書けます。（我會寫漢字。）

・ジャックさんは　漢字が／を　読めるよ。（傑克先生讀得懂漢字喔。）

・息子は　一人では　服が／を　着られません。（我兒子不會自己穿衣服。）

・彼は　お酒が／を　飲めないと　思います。（我想他應該不會喝酒。）

1. 料理を　作ります　　→　　料理が／を　作れます
   単語を　覚えます　　　　　単語が／を　覚えられます
   一人で　行きます　　　　　一人で　　　行けます
   明日　　来ますか　　　　　明日　　　　来られますか
   野球を　します　　　　　　野球が　　　できます

2. ダニエルさんは　日本語が／を　話せる　　　　　と　思います。
   　　　　　　　　刺身が／を　食べられる
   　　　　　　　　車が／を　運転できる
   　　　　　　　　車の　運転が　できる
   　　　　　　　　お箸が／を　使えない
   　　　　　　　　タバコが／を　やめられない

1. 例：旅行には　行きません・お金が　ありません
   →　旅行には　行けません。　お金が　ないんです。
   ① 忘年会には　参加しません・用事が　あります
   ② 遠くまで　歩きません・足に　怪我を　して　しまいました
   ③ 昨日は　寝ませんでした・入院した　彼の　ことが　心配でした

2. 例：カタカナを　書きます・漢字を　書きません
   →　カタカナは　書けますが、　漢字は　書けません。
   ① 英語を　話します・フランス語を　話しません
   ② スマホを　使います・パソコンを　使いません
   ③ 水を　飲みます・食事を　します。

狀況可能

「初級 3」第 13 課「句型 2」與第 16 課「句型 4」曾經學習到「できます」與「〜ことが　できます」用於表「狀況可能」的用法。本課學習的「可能形」亦可用來表達「狀況可能」。此外，本文法亦學習「見えます」與「聞こえます」兩個自發動詞。

例句

・この　美術館では　ピカソの　絵が／を　見られますよ。

（在這個美術館，可以看得到畢卡索的畫。）

・あの　パソコンは　使えません。　故障して　いるんです。

（那個電腦無法使用。它故障了。）

・私の　アパートには　キッチンが　ありませんから、　料理が　できません。

（我租的公寓沒有廚房，所以沒辦法做料理。）

・子供が　うるさいから、　仕事に　ぜんぜん　集中できないの。

（因為小孩很吵，所以完全無法集中精神工作。）

・安い　スマホが／を　買えるかも　しれませんから、　秋葉原へ　行って

みた　ほうが　いいですよ。

（也許可以買得到便宜的智慧型手機。我建議你去在秋葉原那裡看看。）

・私の　部屋から　東京タワーが　見えます。　（從我的房間可以看到東京鐵塔。）

・私には　幽霊が　見えますよ。　あなたには　見えないでしょう？

（我看得到幽靈喔。你看不到對吧。）

練習A

1. マンションの　最上階(さいじょうかい)から　　富士山(ふじさん)　が　見(み)えます。
   私(わたし)の　部屋(へや)　　　　　　　東京都庁(とうきょうとちょう)
   ここ　　　　　　　　　　からは　何(なに)　も　見(み)えません。

2. 子供(こども)の　泣(な)き声(ごえ)が　聞(き)こえます。
   電車(でんしゃ)の　音(おと)
   何(なに)　　　　　　　　　も　聞(き)こえません。

練習B

1. 例(れい)：あの　スーパーでは　安(やす)い　果物(くだもの)を　買(か)います。
   → あの　スーパーでは　安(やす)い　果物(くだもの)が　買(か)えます。
   ① この　エレベーターは　10人以上(にんいじょう)　乗(の)ります。
   ② こちらの　DVD(ディブイディー)は　1週間(しゅうかん)　借(か)ります。
   ③ この　アプリで　日本(にほん)の　ドラマを　見(み)ます。
   ④ 電子辞書(でんしじしょ)で　言葉(ことば)の　発音(はつおん)を　聞(き)きます。
   ⑤ ここでは　駐車(ちゅうしゃ)しません。
   ⑥ この　ことは　誰(だれ)にも　話(はな)しません。

2. （見(み)えます・聞(き)こえます）
   例(れい)：あそこに　島(しま)が　→　あそこに　島(しま)が　見(み)えます。
   ① 部屋(へや)の　窓(まど)から　何(なに)が
   ② 隣(となり)の　部屋(へや)から　ピアノの　音(おと)が　はっきり
   ③ うるさいですから、　テレビの　音(おと)が　よく
   ④ いい　天気(てんき)ですから、　星(ほし)が　たくさん

句型三

～しか　～ない

　　「初級2」第12課「句型3」曾經學習接續在數量詞後方的「しか　あ
りません」（卵が　2個　しか　ありません）。這裡則是學習將「しか」擺
在格助詞或「少し」的後方，並將後方動詞改為否定，來強調「限定」之意。
「しか」接續於「が、を」後方時，「が、を」必須刪除。

例句

・本棚には　日本語の　本が　あります。（書架上有日文書。）
→本棚には　日本語の　本しか　ありません。（書架上只有日文書。）

・妻は　日本料理を　作れます。（我老婆會做日本料理。）
→妻は　日本料理しか　作れません。（我老婆只會做日本料理。）

・この　ことは　彼に　話しました。（這件事我告訴了他。）
→この　ことは　彼にしか　話しませんでした。（這事我只跟他說過。）

・これは　この　店で　買える。（這個東西在這間店買得到。）
→これは　この　店でしか　買えない。（這只有在這間店才買得到。）

・東京タワーは　最上階から　見える。（東京鐵塔從頂樓可以看得見。）
→東京タワーは　最上階からしか　見えない。（東京鐵塔只有從頂樓才看得見。）

・ビールは　飲めますが、　ウイスキーは　少ししか　飲めません。
（我會喝啤酒，但威士忌只能喝一點點。）

1. 私は
   昨日、　　3時間　しか　　寝ませんでした。
   今、　　　500円　　　　持って　いません。
   英語が　　少し　　　　　できません。

2. 私は
   日本語が　しか　　わからない。
   日本語を　　　　　話せない。

3. この　ことは　　彼に　　　　しか　　話さなかった。
   これ　　　　　　この店で　　　　　買えなかった。
   私　　　　　　　イケメンと　　　　デートしない。
   東京タワー　　　最上階から　　　　見えない。
   銀行　　　　　　3時まで　　　　　開いて　いない。

1. 例：今日、　行っても　いいですか。　今日しか　時間が　ありません。
   →　今日、　行っても　いいですか。　今日しか　時間が　ないんです。

   ① 日本語で　話して　ください。　日本語しか　わかりません。

   ② ひらがなで　書いても　いいですか。　ひらがなしか　書けません。

   ③ 1,000円　貸して　くれませんか。
   　　今、　100円しか　持って　いません。

   ④ ちょっと　休んでも　いいですか。
   　　昨日は　3時間しか　寝ませんでした。

   ⑤ 一緒に　電車で　行きませんか。　私の　車は　二人しか　乗れません。

   ⑥ シャンプーを　取って　きて　くれませんか。
   　　シャワールームには　ボディーソープしか　置いて　いません。

～が　できます (完成・產生)

　　「できます」除了第 13 課所學習到的「會、能」的語意之外，亦可用於表達「建築物被建造出來、物品被製造完成」之意。亦有「懷孕或事物產生出來」之意。

　　建造的場所，以及生小孩的人，使用助詞「に」來表達。

例句

・駅前に　新しい　デパートが　できました。（車站前開了一間新百貨公司。）

・Ａ：ここに　何が　できるんですか。（這裡將會蓋什麼呢？）

　Ｂ：タワーマンションが　できると、　陳さんが　言って　いましたよ。
　　（小陳說這裡會蓋一棟超高層塔式住宅。）

・Ａ：新しい　駅は　どこに　できますか。（新車站將會蓋在哪裡呢？）

　Ｂ：まだ　決まって　いないんですが、　うちの　前に　できて　ほしいです。
　　（還沒定下來，但我希望它蓋在我家前面。）

・この　机は　木で　できて　いますから、　丈夫ですよ。
　　（這桌子是木頭做的，所以很堅固喔。）

・妻に　赤ちゃんが　できました。（我老婆懷孕了！）

・今晩の　忘年会には　参加できません。　急に　用事が　できたんです。
　　（今天晚上的忘年會我無法參加。因為突然有事。）

練習A

1. 晩ご飯（ばんはん）が　できました。
   宿題（しゅくだい）
   準備（じゅんび）
   新しい（あたら）　法律（ほうりつ）

2. 息子（むすこ）の　ところに　子供（こども）が　できました。
   翔太君（しょうたくん）　恋人（こいびと）

3. 私（わたし）は　顔（かお）に　ニキビが　できました。
   目尻（めじり）　しわ

練習B

1. 例（れい）：駅前（えきまえ）の　空き地（あきち）に　何（なに）が　できますか。（ショッピングモール）

   →　ショッピングモールが　できます。

   ① ここに　何（なに）が　できますか。（お寿司屋（すしや）さん）
   ② 新しい（あたら）　映画館（えいがかん）は　どこに　できましたか。（駅（えき）の　近く（ちか）に）
   ③ レポートは　いつ　できますか。（明後日（あさって））
   ④ この　３つの　定食（ていしょく）で　どれが　一番（いちばん）　早く（はや）　できますか。（A定食（ていしょく））
   ⑤ この　椅子（いす）は　何で（なに）　できて　いますか。（段ボール（だん））
   ⑥ 彼女（かのじょ）が　できましたか。（はい）
   ⑦ 彼氏（かれし）が　できましたか。（いいえ、　まだ）
   ⑧ 学校（がっこう）で　新しい（あたら）　友達（ともだち）が　できましたか。（いいえ、　まだ　一人（ひとり）も）

（松本先生買新房，入住當天山田小姐送禮物）

山田：お引っ越し、　おめでとう　ございます。

これ、　引っ越し祝いです。

松本：ありがとう！　わあ、　素敵な　絵ですね。

どこで　買ったんですか。

山田：実は　これ、　私が　描いた　絵なんです。

松本：えっ、　山田さん、　絵が　描けるんですか。

すごいですね。

山田：これは　この間、　みんなで　一緒に

ヨーロッパへ　行った　時、　見た　景色の　絵です。

松本さんの　新居に　ぴったりだと　思って。

松本：私の　部屋からは　何も　見えないから、　絵が

あったら　いいなと　前から　思って　いました。

ありがとう　ございます。

山田：気に　入って　くれて　嬉しいです。

松本：ところで、　昼ご飯は　まだですよね。　駅前に

新しい　レストランが　できましたから、　一緒に

食べに　行きませんか。

今は　ランチセットしか　ありませんが。

山田：「やよい軒」ですね。　あの　店の

ランチセットが　大好きです。行きましょう。

山田：恭喜你搬家。這是搬家賀禮。

松本：謝謝。哇，好漂亮的畫啊。你在哪裡買的呢？

山田：其實這是我畫的畫喔。

松本：什麼？松本小姐，你會畫畫啊。好厲害喔。

山田：這是前一陣子，大家一起去歐洲的時候所看到的風景的畫。

　　　我覺得 < 這幅畫 > 跟松本先生的房間很搭。

松本：從我的房間，什麼都看不見，所以我之前就一直想著說，

　　　如果有畫就好了。謝謝。

山田：你喜歡的話，我感到很開心。

松本：對了，你中餐還沒吃對吧。車站前面新開了一間餐廳，

　　　要不要一起去吃呢？　但現在只有 < 商業 > 午餐套餐。

山田：「彌生軒」對吧。我最喜歡那間店的 < 商業 > 午餐套餐了。走吧。

填空題 ・・・

例：行きます：　　（　　　行けます　　　）　→　（　　　行ける　　　）

1. 飲みます：　　　（　　　　　　　）　　（　　　　　　　　）

2. 覚えます：　　　（　　　　　　　）　　（　　　　　　　　）

3. 話します：　　　（　　　　　　　）　　（　　　　　　　　）

4. 聞きます：　　　（　　　　　　　）　　（　　　　　　　　）

5. 見せます：　　　（　　　　　　　）　　（　　　　　　　　）

6. 見ます：　　　　（　　　　　　　）　　（　　　　　　　　）

7. 勉強します：　　（　　　　　　　）　　（　　　　　　　　）

8. 来ます：　　　　（　　　　　　　）　　（　　　　　　　　）

選擇題 ・・・

1. あなたは　どんな　料理が　（　）か。
　　1　作れられます　2　作りられます　3　作ります　　4　作れます

2. ここ（　）　料理は　できません。
　　1　が　　　　　2　を　　　　　3　には　　　　　4　では

3. 私（　）　子供の　泣き声が　聞こえます。
　　1　が　　　　　2　を　　　　　3　には　　　　　4　では

4. どこで　ゴッホの　絵が　（　）か。
　　1　見えます　　　　2　見せます　　　　3　見えられます　　4　見られます

5. 私は　日本語（　）　話せません。
　　1　だけ　　　　　　2　しか　　　　　　3　だら　　　　　　4　でも

6. 元カノ（　）　新しい　彼氏（　）　できた。
　　1　に／が　　　　　2　は／に　　　　　3　が／を　　　　　4　を／に

翻譯題

1. 近所の　公園で　お花見が　できますよ。

2. 私は、　日本語は　話せますが　英語は　話せません。

3. 赤ちゃんが　できちゃった。

4. 從我家可以看到富士山。

5. 這料理只有在這邊才吃得到。

6. 這床是瓦愣紙（段ボール）做的。

Memo

36

ジャムを　塗<ruby>ぬ</ruby>らないで　食<ruby>た</ruby>べます。

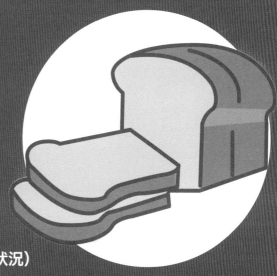

塗ります (動)	塗、抹	飛び出します (動)	跑出、衝出
剥きます (動)	剝皮	亡くなります (動)	死去
温めます (動)	加熱	ほっとします (動)	鬆一口氣
つけます (動)	沾（醬）	びっくりします (動)	吃驚
振ります (動)	揮（手）	がっかりします (動)	失望
去ります (動)	離去	清々します (動)	痛快、清爽
差します (動)	撐（傘）		
締めます (動)	綁、繫	皮 (名 /2)	皮、外皮
散ります (動)	花謝、花落	醤油 (名 /0)	醬油
眠ります (動)	睡覺	食材 (名 /0)	食材
悩みます (動)	煩惱	主食 (名 /0)	主食
味わいます (動)	品嚐、體驗	夕食 (名 /0)	晚餐
受かります (動)	考試考上	食パン (名 /0)	未經料理的麵包、吐司
就職します (動)	就業	バゲット (名 /2)	法式長條吐司
安心します (動)	安心	パン屋さん (名 /1)	麵包店
着用します (動)	穿戴	ジャム (名 /1)	果醬
ご馳走します (動)	款待、請客	ミルク (名 /1)	咖啡奶精
		ガムシロップ (名 /3)	糖漿

アイスコーヒー (名/6 或 4)	冰咖啡	ビニール (名/2)	乙烯樹酯塑膠
帽子 (名/0)	帽子	スピーチ (名/2)	演講
手袋 (名/2)	手套	スタッフ (名/2)	工作人員
原稿 (名/0)	原稿	メッセージ (名/1)	訊息
工場 (名/3)	工廠	怖い (イ/2)	恐怖、害怕
恩師 (名/1)	恩師	悲しい (イ/0)	悲傷的
計算 (サ/0)	計算	本当に (副/0)	真的很...
試食 (サ/0)	試吃	ばったり (副/3)	突然相遇
複雑 (ナ/0)	複雜	そっくり (副/3)	一模一樣
結果 (名/0)	結果	五つ星 (名/3)	五星級
本来 (名/1)	原本、本來	血液検査 (名/5)	驗血
夕べ (名/3)	昨晚	横断歩道 (名/5)	斑馬線
シートベルト (名/4)	安全帶		
ガイドブック (名/4)	旅行導覽書		
ペットボトル (名/4)	寶特瓶		
リサイクル (サ/2)	回收		

動詞＋て（附帶狀況）

　　「A 句て、B 句」，除了可以用來表達「初級 4」第 19 課「句型 1」，A、B 先後發生（繼起）外，亦可用於「表達 B 動作是在 A 動作或狀況下實行的」（A 句為 B 句的附帶狀況）。前後句的動作主體為同一人。

例句

・立って　おしゃべりを　します。（站著講話。）

・手を　挙げて、　横断歩道を　渡りましょう。（舉著手過馬路。）

・お寿司は、　醤油を　つけて　食べます。（壽司要沾＜著＞醬油吃。）

・教科書を　見て　答えて　ください。（請看著教科書，回答問題。）

・首相は　手を　振って、　去って　いきました。（首相揮著手，遠離去了。）

・昨日は　窓を　開けて　寝て　いたから、　風邪を　引いちゃった。
（昨天因為開著窗睡覺，所以感冒了。）

1. エアコンを　つけて　寝ます。
   パジャマを　着
   電気を　消し

1. 例：傘を　持ちます・出かけます
   → 傘を　持って、　出かけます。
   ① スーツを　着ます・会社へ　行きます
   ② 眼鏡を　掛けます・本を　読みます
   ③ 財布を　持ちます・買い物に　行きます
   ④ ミルクを　入れます・コーヒーを　飲みます
   ⑤ お弁当を　温めます・食べます
   ⑥ 傘を　差します・歩きます
   ⑦ シートベルトを　締めます・運転します
   ⑧ 音楽を　聞きます・勉強します

句型二

動詞＋ないで

「Ａ句ないで、Ｂ句」有兩種用法：一為「附帶狀況」（句型1）的否定，意思是「在不做Ａ的狀況之下，做Ｂ動作」。

另一種用法則是「二選一／取而代之」。其意思為「不做Ａ，取而代之，（選擇）做了Ｂ」。

例句

・窓を　閉めないで　寝ました。
（不關窗睡了覺。）

・手を　挙げないで　横断歩道を　渡るのは　危ないです。
（沒有舉著手過馬路，很危險。）

・私は、　お寿司は　醤油を　つけないで　食べるのが　好き。
（我壽司喜歡不沾醬油＜的狀態下＞吃。）

・教科書を　見ないで　答えて　ください。
（請不要看著教科書回答問題。）

・電車に　乗らないで、　歩いて　行こう。（不要搭電車，＜取而代之＞走去吧。）

・夕べは、　寝ないで　仕事を　して　いました。（昨晚不睡覺，而是做了工作。）

・連休は、　どこへも　行かないで　家に　います。
（假日我哪都不去，＜而是＞待在家裡。）

1. エアコンを　つけ ないで　寝ます。
   パジャマを　着
   電気を　消さ

2. 晩ご飯　　は　自分で　作ら ないで、　買って　います。
   プレゼント　　　買わ　　　　　自分で　作ります。
   宿題　　　　　　自分で　考え　　友達の　答えを　写します。

1. 例：旅行には　ガイドブックを　持って　行きますか。
   →　いいえ、　ガイドブックは　持たないで　行きます。
   ① 暑い　日には　帽子を　被って　出かけますか。
   ② コーヒーは　ガムシロップを　入れて　飲みますか。
   ③ りんごは　皮を　剥いて　食べますか。
   ④ いつも　原稿を　見て　スピーチを　しますか。

2. 例：兄は　大学に　行きません・就職しました
   →　兄は、　大学に　行かないで、　就職しました。
   ① 息子は　勉強しません・毎日　遊んで　います
   ② 最近は　電車に　乗りません・会社まで　歩いて　行きます
   ③ ペットボトルは　捨てません・リサイクルしましょう
   ③ 作文は　AIを　使いません・自分で　考えて　ください

句型三

動詞／形容詞＋て（原因）

「Ａ句て、Ｂ句」，亦可用於表達Ａ句為Ｂ句的「原因・理由」。Ａ、Ｂ
兩句是先後發生的（前因、後果）。前後句的動作主體可以是同一人，也可以
是不同人。

Ａ句是動詞，亦可以是形容詞。Ｂ句如為動詞，則必須是無意志的動作。

例 句

・その　ことを　聞^きいて　びっくりした。（聽到那件事，我嚇了一大跳。）

・一人^{ひとり}で　旅行^{りょこう}に　行^いった　息子^{むすこ}から、　メッセージが　来^きて　ほっとした。
（獨自一人去旅行的兒子傳訊息來，我鬆了一口氣。）

・あなたに　会^あえて　嬉^{うれ}しい。（我很開心見到你。）

・大学^{だいがく}に　受^うかって　よかったです。（考上大學，真的是太好了。）

・この　箱^{はこ}は、　重^{おも}くて　一人^{ひとり}では　持^もてません。
（這個箱子太重了，我一個人搬不動。）

・今年^{ことし}の　試験^{しけん}は、　難^{むずか}しくて　合格^{ごうかく}できませんでした。
（因為今年的考試很難，所以我沒能合格。）

・スタッフの　皆^{みな}さんが　親切^{しんせつ}で　安心^{あんしん}しました。（工作人員都很親切，我安心了。）

・税金^{ぜいきん}の　計算^{けいさん}が　複雑^{ふくざつ}で　わかりません。（稅金的計算很複雜，搞不懂。）

1. 恩師が 亡くなって 、 残念です。
   雨で 桜が 散って
   こんな ことに なって しまって

2. 子供が 飛び出して きて 、 びっくりしました。
   彼からの メールを 読んで
   パリで 昔の 知り合いに ばったり 会って

3. この かばんは 軽くて 、 旅行に 便利です。
   あの かばんは 重くて 旅行に 不便です。
   使い方が 簡単で いいです。
   使い方が 複雑で わかりません。

4. 家の 値段が 高くて 、 買えません。
   この 本は 字が 小さくて 読めません。
   子供が うるさくて 集中できません。
   彼女が 作った 料理は まずくて 食べられません。

1. 例：地下鉄が できました・便利に なりました
   → 地下鉄が できて、 便利に なりました。
   ① 宝くじが 当たりました・嬉しいです
   ② 彼女の ことが 心配です・眠れません

句型四

動詞／形容詞＋なくて

「Ａ句なくて、Ｂ句」，為「原因・理由」的否定。Ａ句是動詞，亦可以是形容詞與名詞。後句多為表達說話者的感情、狀態。Ｂ句如為動詞，則必須是無意志的動作。

例句

・1時間 待っても 彼が 来なくて、 心配しました。

（等了一小時他都沒來，我很擔心。）

・彼女に 会えなくて 悲しいです。

（見不到女朋友，我很難過。）

・雨が ぜんぜん 降らなくて、 困って います。

（都不下雨，感到很困擾。）

・お金が なくて 旅行に 行けなかった。 （因為沒有錢，所以無法去旅行。）

・北海道は、 夏でも 暑くなくて 快適です。 （北海道即便是夏天，也不熱，很舒服。）

・子供の 頃は、 体が 丈夫で（は） なくて 大変でした。

（我小時候身體不怎麼健康，生活很不容易。）

・検査の 結果、 コロナじゃ なくて 安心した。

（檢查的結果，並不是武漢肺炎，因此我放心了。）

1. あんな　ところへ　行かなくて　、　本当に　よかった。
   つまらない　会議に　出なくて
   交通事故に　遭わなくて
   彼が　来なくて

2. コロナで　国へ　帰れなくて　、　悲しいです。
   仕事が　うまく　できなくて　　悩んで　います。
   東京タワーに　登れなくて　　　　がっかりしました。

3. あの　ホテルは、　食事が　美味しくなくて　　　　残念です。
   部屋が　綺麗で（は）　なくて
   五つ星で（は）　なくて

1. 例：嫌な　奴が　いません・清々します
   → 嫌な　奴が　いなくて　清々します。
   ① あの　うるさい　お客さんが　来ません・安心しました
   ② 時間が　足りません・困って　います
   ③ 一緒に　夕食を　食べられません・残念です
   ④ お金が　ありません・生活できません
   ⑤ この　箱は　軽くないです・一人では　持てません
   ⑥ 嘘では　ありません・よかったです

本文

（導遊帶領客人進入麵包工廠參觀）

これから　工場の　中に　入ります。　こちらの
ビニール手袋と　帽子を　着用して　入って　ください。
見学の　時、　マスクを　外さないで　静かに　見て
ください。

皆さん、　こちらでは　パンの　試食が　できますよ。
こちらの　食パンは、　ジャムを　塗って　食べても
いいですが、　塗らないで　食べた　ほうが　食材本来の　味が
味わえて　美味しいですよ。

（路易先生和木村小姐講話）

木村：ルイさんって、　パンが　好きですか。
ルイ：うん、　フランスでは　パンが　主食ですから
　　　大好きです。
　　　でも、　日本に　来てから、　なかなか　美味しい
　　　パンが　食べられなくて　困って　います。
木村：私も　パリへ　留学に　行った　時は、　毎日　パンを
　　　食べて　いましたよ。　さっき　食べた　バゲットは、
　　　私が　フランスで　食べた　のと　味が　そっくりで
　　　びっくりしました。
　　　美味しかったでしょ？

現在要進工廠了。請配戴這裡的塑膠手套跟帽子再進場。參觀時，請不要拿下口罩，安靜地看。

　　各位，在這裡可以試吃麵包喔。這裡的吐司塗果醬也很好吃，但不塗果醬吃，比較可以品嚐到食材本來的味道，比較好吃喔。

木村：路易先生，你喜歡麵包嗎？

路易：嗯，在法國，麵包是主食，所以我很喜歡。但是，自從來了日本之後，就吃不太到好吃的麵包，我很困擾。

木村：我也是在巴黎留學的時候，每天都吃麵包喔。剛剛吃的法式長條麵包跟我之前在法國吃到的味道一模一樣，我嚇了一跳。很好吃對吧！

ルイ：木村さん、 今度、 フランスへ 来て！ 私の 実家の
　　　近くに すごく 美味しい パン屋さんが あるから、
　　　ぜひ 木村さんに 食べて 欲しいです。
木村：今は お金が なくて 行けませんが、 お金が
　　　貯まったら、 ぜひ 行きたいです。 その 時は
　　　ご馳走して くださいね。

ガイド：そこの 二人、 立って おしゃべりしないで
　　　　ください。

路易：木村小姐，下次你來法國吧。我老家附近有一家很好吃的麵包店，希望
　　　你能嚐嚐。

木村：我現在沒錢，去不了。等我存夠錢後，一定去。到時候你要請我吃喔。

導遊：那裡的兩位，不要站著聊天。

填空題

例：ニュースを　（聞きます　→　聞いて　）、　びっくりしました。

1.妻に　赤ちゃんが　（できました　→　　　　　　　）、　嬉しいです。

2.血液検査を　しますから、　何も　（食べません　→　　　　　）　来て　ください。

3.アイスコーヒーは、　ガムシロップを　（入れます　→　　　　　）　飲みます。

4.昨日は、　（寝ません　→　　　　　　　　）　勉強して　いました。

5.（うるさいです　→　　　　　　　　　）、　眠れません。

6.コーヒーを　（飲みます　→　　　　　　　　　）、　元気に　なりました。

7.雨が　（降りません　→　　　　　　　　）、　よかったです。

8.暗くて、　何も　（見えません　→　　　　　　　　）　怖かったです。

選擇題

1.教科書を　（　）　答えて　ください。
　　1　見たり　　　　　2　見て　　　　　3　見た　　　　　4　見ても

2.彼は　傘を　（　）　出かけました。
　　1　持ってから　　　2　持ちながら　　　3　持たなくて　　　4　持たないで

3.お金が　（　）、　買えませんでした。
　　1　足りて　　　　　2　足りないで　　　3　足りなくて　　　　4　足りたら

4. 吉田さんが　会社を　辞めたのを　聞いて、　（　　）。
　　1　一緒に　やめましょう　　　　　　2　びっくりしました
　　3　山田さんでした　　　　　　　　　4　信じません

5. 重い　病気（　）、　安心しました。
　　1　でして　　　　　2　では　ないで　3　では　なくて　　4　で

6. 頭が　痛くて　（　　）。
　　1　集中できません　　　　　　　　　2　薬を　飲みます
　　3　会社を　休みました　　　　　　　4　寝ません

翻譯題 . . . .

1. どこへも　行かないで　私の　そばに　いて。

2. 電気を　消して　寝るのが　怖いです。

3. 彼が　試験に　合格して、　本当に　よかったと　思う。

4. 星期天也不休息，（取而代之）要工作。

5. 星期天也無法休息，很辛苦（大変です）。

6. 最近忙到無法休息。

填空題

1. もし　宝くじ（　　）　当たったら、　世界一周旅行を　したい。

2. この道（　　）　まっすぐ　行ったら、　コンビニが　見えます。

3. 間（　　）　合わなかったら、　タクシーで　行こう。

4.（帰りたいです　→　　　　　　　　　　）、　帰っても　いいですよ。

5. 息子（　　）　病気に　なったら、　会社を　休みます。

6. あなたが　行っても　（行きません　→　　　　　　　　　　）、
　　私は　行きます。

7. ありがとう　ございます。　（嘘です　→　　　　　　　　）　嬉しいです。

8. 林さんへ（　　）　プレゼント、　何が　いい？

9.（承上題）プレゼントは　要らない（　　）　言って　いましたよ。

10. 食事が　終わったら、　お皿とか（　　）　洗って　おいてね。

11. まだ　使って　いますから、　はさみは　そのまま（　　）　して
　　おいて　ください。

12. 今日中（　　）　仕事を　やって　しまいたいから、　先に　帰って。

13. コンビニ（　　）　傘（　　）　忘れちゃった。

14. 妻（　　）　浮気（　　）　バレちゃった。

15. ホッチキス（　　）　資料（　　）　留める（　　）を　手伝って。

16. 顔色が　悪いね。　どうした（　　）？

17. 顔色が　よくないですね。　どうした（　　）　ですか。

18. えっ？　陳さんは　この　会社の　社長（　　）の？

19. あの、　すみません。　自動販売機（　　）
おつり（　　）　出ないんですが …。

20. これから　みんな（　　　　）　飲みに　行くんですが、
一緒に　来ませんか。

21. テレビの　音（　　）　聞こえないんですが、　音量を　もう少し
上げて　くれませんか。

22. 夫（　　）　色々　手伝って　欲しい。

23. 交通事故（　　）　遭って、　足（　　）
怪我（　　）　しちゃった。

105

24. フランス語 （　　） 話せるの？　すごい！

25. 英語 （　　） 話せますが、 日本語 （　　） 話せません。

26. 秋葉原 （　　） は、 安い パソコンが 買えるかも しれませんよ。

27. 私の 部屋 （　　） は、 何 （　　） 見えません。

28. これは アメリカ （　　） しか 買えない ものなの。

29. 私の 秘密は、 恋人 （　　） しか 話さなかった。

30. 妻 （　　） 赤ちゃん （　　） できました。

31. この 絵は、 あなたの 部屋 （　　） ぴったりです。

32. （立ちます　→　　　　　　　） おしゃべりを しないで ください。

33. 教科書を （見ません　→　　　　　　　） 答えて てください。

34. 彼が （来ません　→　　　　　　　） 心配です。

35. （高いです　→　　　　　　　） 買えません。

36. 犯人は （彼では ありません　→　　　　　　　　）、 よかったです。

選擇題 ···

01. 来るな！　（　　）　殺すぞ！
　　1　来て　　　　　2　来たら　　　　　3　来るから　　　　　4　来ても

02. 夫の　今の　給料（　　）、　家を　買うのは　無理です。
　　1　でも　　　　　2　たら　　　　　3　には　　　　　　　4　では

03. （　　）、　ファースト・クラスに　乗りたい。
　　1　高かったら　　2　高くても　　　3　高くなくても　　4　高くては

04. この　問題は　難しくて、　（　　）　考えても　わかりません。
　　1　もし　　　　　2　たとえ　　　　3　いくら　　　　　　4　もう

05. 陳さんは　さっき　電話で、　今日は　もう　会社には　戻らないと
　　（　　）。
　　1　思います　　　　　　　　　　　2　言います
　　3　思って　いました　　　　　　　4　言って　いました

06. まだ　使って　いるから、　はさみは　そのまま　（　　）。
　　1　置いといて　　　　　　　　　　2　置いといた
　　3　置いちゃって　　　　　　　　　4　置いちゃった

07. 間違えて　他人の　靴を　（　　）。
　　1　履いといた　　　　　　　　　　2　履いどいて
　　3　履いちゃった　　　　　　　　　4　履いじゃった

08. 今、 雨だよ。 傘 持って （　　） の?
   1 行く　　　　　　　　　　　　2 行かない
   3 行って　おく　　　　　　　　4 行って　しまう

09. 重くて 一人では 持てないんですが、 手伝って （　　） ませんか。
   1 あげ　　　　2 もらい　　　　3 くれ　　　　4 しまい

10. 我が国の 選手 （　　）、 金メダルを とって ほしい。
   1 に　　　　　　2 が　　　　　　3 へ　　　　　　4 は

11. 台北の 家は 高くて （　　）。
   1 買われません　　　　　　　　2 買わられません
   3 買えられません　　　　　　　4 買えません

12. 私は ひらがな （　　） 読めません。
   1 だけ　　　　2 しか　　　　3 だら　　　　4 でも

13. 音が 小さくて （　　）。
   1 聞こえません　　　　　　　　2 聞けません
   3 聞かれません　　　　　　　　4 聞られません

14. 教科書を （　　） 答えて ください。
   1 見ないで　　　2 見なくて　　　3 見ても　　　4 見ては

15. この スーツケースは （　　）、 一人では 持てません。
   1 軽くないで　　2 軽くて　　　3 軽くなくて　　　4 軽かったら

日本語 - 07

穩紮穩打日本語 進階 2

編　　　　著	目白 JFL 教育研究会
代　　　　表	TiN
排 版 設 計	想閱文化有限公司
總 編 輯	田嶋 惠里花
發 行 人	陳郁屏
插　　　　圖	想閱文化有限公司
出 版 發 行	想閱文化有限公司
	屏東市 900 復興路 1 號 3 樓
	Email：cravingread@gmail.com
總 經 銷	大和書報圖書股份有限公司
	新北市 242 新莊區五工五路 2 號
	電話：(02)8990 2588
	傳真：(02)2299 7900
初　　　　版	2024 年 03 月
定　　　　價	280 元
I　S　B　N	978-626-97662-2-2

國家圖書館出版品預行編目 (CIP) 資料

穩紮穩打日本語 . 進階 2 / 目白 JFL 教育研究会編著 . -- 初版 . --
屏東市 : 想閱文化有限公司 , 2024.01
　面 ;　公分 . -- (日本語 ; 7)
ISBN 978-626-97662-2-2(平裝)

1.CST: 日語 2.CST: 讀本

803.18　　　　　　　　　　　　112021470